늦깎이 목련

늦깎이 목련

2023년 7월 23일 인쇄
2023년 8월 1일 발행

지은이 김순이
펴낸이 손정순
펴낸곳 열림문화
주소 제주특별자치도 제주시 청귤로 15
전화 (064)755-4856
팩스 (064)755-4855
이메일 sunjin8075@hanmail.net
인쇄 선진인쇄

ISBN 979-11-92003-31-3 03800
값 10,000원

※ 이 책은 제주특별자치도 제주문화예술재단의 2023년 문화예술지원 사업의 보조를 받았습니다.

늦깎이 목련

김순이 시집

시인의 말

안개가
서서히 걷히는
숲길을 가고 있었다.

하얗게 핀 바위수국
한 뼘씩 돌담 위로 올라
아름다운 숲을 꾸미고 있었다.

함께하는 길이었다.

Contents

1

Emotions

2

Emotions

3

Emotions

4

Emotions

5

Emotions

1 Emotions

저물녘 귀향길

팽목항 돌고 돌아
어제 만난 달개비꽃 생각나는데
푸른 섬들 사이를 빠져나온다

섬들이 보초를 선 진도 앞바다
잘 가라 다시 오라 출렁거린다

설렘도 잠재우는 하얀 여객선
소금가루 잔뜩 묻은 뿌연 유리창
고운 섬들 훔쳐볼까 눈을 가린다
돌아올 때 풍경 볼까 아껴뒀는데

안 보일 듯 보이는 반기는 모습
두 팔 벌려 안아주는 너의 큰 가슴
해 기우는 저녁이면 더욱 그렇지

일출봉

진주알이
일출봉 위에 둥실 날은다

비좁은 계단 따라
헐떡이며 오르는 이른 아침
덤벼드는 넝쿨을 밀어내는
조각 같은 바위들
고개 내밀어
남다른 멋을 낸다

황돔 색 깔린 바다 위
하얀 구름 뿌려 호령을 한다
바다를 가르고 길을 낸 다리
고깃배 고개 숙여 빠져나간다

배꼬리 놓을 수 없어
거품 물고 늘어지는 두 줄기
거리는 점점 멀어져간다

저만치서 지켜보는 작은 섬

손 내밀어

잠자는 소를 일으킨다

상가리 공깃돌

아침이면 눈이 부실까
고내봉이 햇살을 가려준다

해가 지는 저녁이면
노을빛으로 물든 공깃돌
귀가를 부추긴다

양옆으로 일손이 바쁜
보리밭 마늘밭 오이밭

눈치 없는 설문대할망
찻길 한가운데
나란히
공깃돌을 펼쳐놓았다

경적을 울리며 달려오지만
길 가운데
떡 버티고 앉아
누가 이기나 한 판 붙자 조른다

가로수

노랗게 물든 은행잎
가을을 데리고 왔다
싹둑 팔이 잘려나간 은행나무
오가는 사람들의 사연을 담았다

포장마차 술안주
둘째가라면 서럽지
푸르스름 알알이
방울방울 누웠다

냄새난다
구역질 난다
구박 멸시받은 설움
허물 벗어 던져버리면

입에 물고 톡톡
사랑을 터트린다

/ 처서에 밀어닥친 바람

엄마는
콧물을 흘리며
콧구멍을 쑤시더니
일주일분 약봉지를 들고
방문을 닫았다
아이와 아빠는
변변치 않은 가방을 쌌다
아이는
영문도 모른 채
엄마와 생이별을 하였다
아빠는
엄마가 정성껏 해주는 반찬 맛을 모른다
아이는
아빠가 먹는 메뉴와
떨떠름하게 배를 채웠다
숙소는 좁지만
잠잘 자리는
통통 뛰기 충분한 침대

갖고 놀 장난감은
꺼끌꺼끌한 아빠 수염
하룻밤을 지새우고
가늘게 들려오는 엄마 목소리
그늘진 아빠
아이의 안타까운
우렁찬 웃음소리
전화기가 비좁다

어딜 가도 안심이 반기지 않는
시시각각 탐내는 세균 뭉치들
땀에 씻기고
초가을 바람에 씻겨
멀리 보이는 작은 섬
사이 사이를 돌아
바닷바람에
쓸어가듯 씻어갔으면

/ 대각선으로 30cm 밑에 풍경

기다란 상자 속
너도나도
네모 속 움직임에 빠져들지

언제부터인가 옛날 얘기가 되어버린
동방예의지국

엉거주춤 할머니 허리
나는 모른다
네모 속만 보다 보면
모두 이해하지
목적지 따라
나가면 되는 거니까

네모를 보고 있지만
재빨리 빈자리를 낚아채지
빈자리를 보는 눈은 빛깔이 다르지

손잡이 부여잡고
눈을 감고 서 있는
중년의 남자
젊은이들을 따라잡을 수 없지
와르르
오르고 내리는 노량진역
마곡나루 가는 길이 터덜거린다

기억에 남는 딱 한 알

손주 생각하며 심은 땅콩
굼벵이와 다투며 정성 들였지
볶아서 한 알 한 알 입에 넣으면
할아버지 쏟은 땀이 녹아내렸지

하필이면
손주 손에 딱 잡힐 게 뭐야
무리 속에 딱 잡힌
썩은 땅콩 한 알

할아버지 볼 때마다 생각이 날까
기억에 남는
딱 한 마디
왜
할아버지는
썩은 땅콩 가지고 왔어요?

어느 봄밤

밤이 깊어간다
봄바람이 싸늘해지던 밤

귀가한 남편의 어두운 얼굴
개표방송은
거들떠보지도 않고
몸져눕는다

두 팔을 벌린 것만큼
따돌리는 주자
아내는
미소를 머금고
밤이 깊어가는 줄 모른다

따라오는 추격전

두 팔이 교차하는 것을 본 아내
자리 깔고 조용히 눕는다

/ 낯선 길

처음으로 가는 길이었다
처음으로 가는 길을 내주는 것이었다
봄이 오기 전에 고개 드는 꽃봉오리가
더 피어오르기 전에 잘려나가는 것이었다
피어있는 꽃은 차마
꽃잎이 떨어지다 퍼뜨릴까
손을 댈 수가 없는 곳이었다
홀로 들어가는
조명이 안내하는 통로
두려움으로 맞는 것이었다
혼자만이 겪는 길이라는 생각은
잠시
속을 비우며 기다리는 방들
예약이 되어 있는 자들
그렇게 들락거리는 낯선 길인 것이었다

비밀스러운 곳

어두운 그곳은
조용히 잠들어도 좋은 곳이다
식구를
하나둘 셋 넷
가족을 늘리며 살아도 좋은 곳이다

첨단 기술이 생겨나기 전에는
사는 곳을 찾기란
그리 쉽지 않은 곳이다
비밀이
탄로 나기 전에는

긴 목을 올리고
눈에 불을 켜고
기어들어 오기 전에는

깊게
뿌리 내리려던 꿈이
예리한 삽에 뜨여질 줄이야

전화를 끊고

보험창구를 나와 걷는다
새로운 동반자가 생겼다는 말
전하지 못해
부는 바람에 맡겨본다
걸어가는 발자국마다
방울방울 내리는 눈물 같은 꽃잎들
길모퉁이 짜놓은
돌담 사이로
구석구석 스며든다

한 번은
쏟아져야 후련할 것만 같은 비
때를 맞춰 머리 위로 퍼붓는다
지나간 길을 돌이켜보면
과잉의 흔적들

꽃잎이 떨어지며
갈피를 못 잡는 웅성거림

떨치고 싶은 것들
달리는 자동차 바퀴 따라
가는 줄도 모르게 가버렸으면

할머니 집 나들이

코로나 걸린 엄마를 피해
영문을 모르고
그리던 할머니 집에서 머문다
철이 든 후
한 집에서 보내는
어색한 잠자리
엄마 향기가 만지고 싶은 밤
아빠 전화 속에
엄마 모습이 안타깝다
엄마는 아들 얼굴을 뚫어지게 보고
아들은 엄마 얼굴에
눈을 심었다
피난의 의미를 모르는 아이
할머니 할아버지 언제나
반기는 곳
한숨 섞인 자장가 소리
엄마 그리워
잠은 오지 않고

꿈속으로

초대하며 깜빡거린다

어머니 그림자

마당에 들어서니
잡초들이 어느새 자라
어머니 옷소매처럼 흔들거립니다
집안 곳곳이 가득해 보였던 것들이
주인을 잃어서일까
시들하게 고개를 떨구고 있습니다
풋풋하게 영글어가는 땡감도
칠팔월이면 찧어서
옷감과 마주할 만남을
기다렸는지 모릅니다
빨갛게 핀 접시꽃이
돌담 옆에 나란히 줄지어 서서
어머니의 마지막 가시던 모습을
기억합니다
골목 어귀에 있는 커다란 팽나무
오랜 세월 동안
어머니의 마음을 들여다보았습니다
집안을 두루 살피며 지켜주던 것들

쓸쓸한 바람이
집 모퉁이를 돌고 돌아
돌 틈 사이사이를 어루만지며
그리움을 한 아름 들고 갑니다

빈 소주병

밭에 가는 어머니 손에는
빈 소주병이 들려있다
소주병 속에는
손주의 웃는 얼굴이 들어있다
밭일하다 돌이 나오면
망설임 없이 돌을 뒤집는다

발발 기어 나오는 지네
병 속으로 유인한다
노란 코가 훌쩍훌쩍 나오는
손주 얼굴이 보인다
우리 손주 코는 부자가 될 코란다
머리를 제대로 자르지 않아
미용실이 뒤집히게 울어도
우는 것도 이쁘다고 자랑이시던 할머니
밭에서 올 때쯤이면
골목 안으로 히죽거리며 들어오시는
할머니 얼굴

오늘 운수 대통이다

2 Emotions

어머니를 닮은 돌멩이

평생 일군 밭 담 너머에는
늘 밭이 좋다 하시던
바지런하신 어머니 손이 보인다
여기에 다시 또 올 수 있을까
그동안의 흔적을 찾는 것일까

잠시 어머니 곁을 비운 사이
닳고 닳은 돌멩이 하나 들고
만지작거린다
“이거 주웠어 이 닮은 거 또 없을까”
닮은 인연을 맺어주고 싶기라도 한 것인지
이리 깎이고 저리 깎인
작은 돌멩이

아픔인 줄도 모르고
사라진 지문의 크기
버티어 걸어온 길
어머니 손 위에서 반들거린다

혈관 청소

식초와 베이킹파우더를 붓고
잠자듯 기웃거리기 한나절

가늘고 긴 철사에게 넌지시 물어본다
할 수 있을까
구불거리다가 인내하다가

우렁찬 힘으로 달려나가던 물줄기
혈의 활기였음을 말해준다
쉽게 봐줄 리가 없다
기껏해야 쌀뜨물
그릇 씻은 물
먹다 남은 국물 찌꺼기
해도 너무했다

영양제는 고사하고
고마움도
수고로움도 모르더니
당해보라지

육아반 탈출

노란 가방을 메고 노란 차를 탄다
육아반 탈출에 하늘을 난다
놀이터에 펼쳐진 모래알
덤프트럭 물레방아 자국 남긴다
새로 만난 친구들과 정을 나누기
양팔 벌리고
거리 두기부터 먼저 익히기

만났던 친구의 확진 소식
가족이 모여 토닥토닥 벽을 쌓는다

벚꽃이 피어나듯 퍼져가는
코로나바이러스
넓은 놀이터는 상상 속에 끼워두고
노란 가방 메고서
이방 저방 사이를
노랗게 물들인다

점검

비우고 정리해야 할 것들이 많아졌다
하얀색만을 고집한다
부드러운 것만을 찾는다
검정콩 검은 깨
빠알간 김치 같은 것들
사절이다

몇십 년 동안 채우고 비우기를 반복했지

긴 호수가 눈에 불을 켜고
속을 헤집고 다닐 때면
긴 수면에 빠진 사이 깊이 쌓아두었던 것들
빼 들고 가도 모른다

하얀 가운을 입고서
훔쳐 갔던 것들을 나열한다
쓸모없는 것들
누린 만큼 정리해야 하는 것들

한 해를 정리하며

끝낸다는 것은
기다림이 없는 것입니다
혹시나 하고 기다리지 말아요
이미 멀리
와버렸으니까요
그곳에는
그림자만이
아지랑이처럼 아른거리고 있어요.
잊어버리세요

해를 넘기기 전에
잘라버린 부스럼이었지요
기다리지 말아요
다시 올 거라는 기대는 하지 말아요
할 말이 있으면
그냥
하얀 먼지처럼 날려버리세요

육아

매화꽃이 피고 개나리 지더니
보리밭 황금물결 출렁이고 들장미 활짝 웃는다
병원을 들썩이며 태어난 녀석이
걸음마 아장아장 엄마 꽁무니만 졸졸

곱디고운 어여뻤던
구김 없이 활짝 웃던 얼굴이
진자리 마른자리
힘겨웠는가
가녀린 손가락
귤껍질 같은 매듭으로 갈아 끼웠다
아이들은
지칠 줄 몰라 활기찬데
수양버들 늘어진 어깨 하늘거린다

궁금증

잠 못 드는 밤이면
창틀에 드러누워
떠도는
조각배 닮은 하현달이
밤하늘에 별빛
가로등 불빛
가끔 울부짖는 고양이
바람이 오가다 들은 소식
별들이 몰래 들은 소식들
불러온다

내일이면
더 커진 달로 들여다볼 수 있었으면
끓어오르는 찬바람
꽃망울 터트리려는
나뭇가지 사이에 앉았다
지는 동백꽃에 앉았다
하얀 모래톱 같은 야경을 꾸며본다

사랑의 봄비

할 말이 많아졌어요
옆에 있는 것만으로도 좋았던 것이

부족함이 많아졌어요
눈만 보고 있어도 심장이 뛰놀던 것이

채울 게 많아졌어요
문자로는 안되니까요

다툼이 많아졌어요
꼬리를 내릴 줄 모르니까요

봄비가 내려요
스르르 봄눈 녹듯 말이에요

눈빛으로 사르르 녹아내려요
눈 위에 봄비처럼 말이에요

/ 목련차

바싹 마른 잎
뜨거운 물 한잔 머금으며
다시 한번 꽃으로 피워낸다
꽃으로 피워낸다는 것
죽을 만큼 뜨거운 설움을 견뎌내는 것
열기와 부드러운 손
뜨거운 마주침
얼마를 기다려야
몇 번을 치러야
다시 꽃으로 환생하는지
검은 구름이 서서히 걷히던 날
물안개 속에서
피어오르는 연꽃처럼
아픔 뒤에 오는 행복이
모락모락 피어난다

송당리 본향당의 봄

바람꽃이 피어나는
백주또가 지켜보는 송당 본향당
즐비하게 늘어진 아들딸들
가슴에 달린 바람의 꽃
가족들의 안녕을 기원하는
동백꽃 잎에 그려진 사연들

송당리 마을 집마다
바구니 속 정성이 묻어난다
줄줄이 늘어선 제물들
안녕을 바라는 동백꽃이
화사하게 피어난다

굿 장단에 들썩이는 날갯짓
평안을 담은 무당의 춤사위

온라인이 전해준 소원지
바람꽃으로 한몫을 한다

세계에서 전국에서
백록담에서 모여드는 신비함

소원지 받아 들고
캘리그라피 손놀림으로
천 개의 바람 따라
소원을 이뤄낸다
천 개의 바람으로
역병을 밀어낸다

우연인지 필연인지

굵은 빗줄기
똑 똑 똑
노크를 하면
달덩이 같은 얼굴들
하얗게 피어오른다
장마 속에 마중 나온 치자꽃
통기타 소리에 놀라 튀어 오른다

온 동네 퍼지는
톡 톡 톡
보리 볶는 소리
하얀 치자꽃 향기
취한 연기처럼
물길 따라 퍼져나간다

떠나는 길에
뚝 뚝 뚝
아쉬운 빗방울 소리

천둥소리 번갯불
짓궂은 장난질
하원리에
뿜어내던 치자꽃 향기
입술을 다물고 숨어버린다
내년을 기약하는 뜨거운 미소
노을처럼 화려한 옷을 입고서

비양도

어디서 숨어들었니
생쥐같이 하고선
새로 변신한 걸까
손가락으로 콕 찔러 보았다
눈만 가린다고 안 보일까
바닷속 풍경들을 혼자만 보고 있는 거야
내가 잠든 사이
일어나
감췄던 날개를 펴고
밤바다를 날아다니려는 게지
지켜볼 거야
구름 같은 바다 위에
하얀 꽃가루처럼
뿌려놓은 불빛들
바다 갈매기도
하늘 위를 비행하며
지켜보고 있어
바위 속에 숨어

보초 선 꽃게도 있지
하지만
너를 놓아줄게
기회는 항상 오는 게 아니지
고개를 들고
날개를 펴고
붙잡고 있는 바다를 내던져
그리고
힘껏 날아 봐

좋은 날

전화벨 소리가 요란하게 울린다
이슬 내리는 소리
좁은 길 뚫고 나가는 길이
길고 험하다
밧줄을 잡고
강을 건너보려 애를 쓴다
가느다란 어깨가 들썩거린다
곳곳에 방망이
눈을 부라리며 휘둘러댄다
결국
문을 닫아버린
잠자듯 조용한 울부짖음이
가위 소리로 달래어지고
우렁찬 울음으로 문이 들썩거린다
문학박사를 위한 미역국 끓는 소리
파티 소리가 들리는 날
문을 박차고 나온 날이
태평양 바다처럼

넓은 곳을 향해

쭉쭉 뻗어

곧은 웃음이 번질 것만 같은

좋은 날인 듯하다

한편 잡힐 것 같은 날

밤바다에 시 교실이 열렸다
잡힐 것 같은 시들이
사공이
산으로 가서 불을 켜고
온 천지가 고깃배로 반짝거렸다
백견이불여일행이라
고깃배가 불을 켜듯
책상 위의 손들이 바쁘게 그물을 당긴다
가로수와 한치잡이 배들
마주하고 있는 식당 간판들의 불빛
바다가 깔아 놓은 들판
여유롭게 드러누워
칼날같이 내리쬐는 따스한 불빛
바다 같은 푸르름이 낚싯줄을 풀어 놓는다

3 Emotions

팔십 노부부

주위를 힘없이 거니는
세 발걸음 소리
지팡이 짚고서 더듬거린다
항아리 줄지어 엎드려 앉아
귀를 기울인다
부지런 떨며 채워졌던
간장 된장 젓갈 고추장 매실주 복분자술들이
"구수하게 잘 익었어"
한 사발 두 사발
이웃들의 손에 들려져 나간다
스쳤던 자국들이
늙을 줄 모르고 반들거린다
돌담 사이를 맴돌았던
속속들이 알고 있는
항아리들
욕심 비운 채
기약 없는 줄을 섰다
풍요를 누렸던 날들이

엊그제 같은데

켜켜이 걸터앉아

위로의 온기를 쏟아낸다

헛간에 힘없이 나동그라진

농기구들

"딸이 서울에 산다지"

귀를 쫑긋 세운 항아리 속으로

소문이 돌고 돌아 맴돈다

밧줄 곡예사

하늘에다
두 줄의 밧줄
빛 잃은 타일
귀를 대고 속닥속닥 벗겨낸다

두 개의 밧줄로
목표의 잣대
긴장을 늦추면 내일은
기약 없는 벽
새들이 갈기고 간 흔적

밑으로 내려다보며
어깨를 올린다
위로 보며
떠다니는 구름 같은 호사를 누린다

때로는
밧줄 없이 높은 문턱에 무게 잡고 앉아

生命줄을 헤아리며 여유롭게 광을 내지

순간
매 순간
발바닥의 뜨거운 감촉

그네를 타고
귀 주위에 붙었던 달콤한 헛된 말들
멀리 쓸어버린다
지워지지 않는 기미 같은 미련
하얗게 닦아낸다

태풍 맞은 호수 속에는

비 오는 날이면 연잎은
꽃보다 사랑받을 기회를 갖지요

리듬 타는 빗줄기
얼굴에 골고루 펴고 바르며
사랑을 받지요

비바람이 불어도 연꽃 봉오리
넓은 연잎을 믿지 않아요
바람을 막아주지 않아도 끄떡없어요
입을 다문 연꽃이
목을 길게 내밀어
새침하게 내려보고 있어요

한때
미모를 자랑했던 연꽃
심술궂게 장난치는 비바람에 밀려났어요
고개를 처절하게 숙이고

지난날을 더듬곤 하지요

세월이 약이라 했던가요
단아하고 작은 얼굴로
수박씨 같은 약을 박아 놓았어요

/ 문필봉

손가락을 위로하고
제일이라 했던가
아무래도 그런가 보다
이 많은 사람이
태풍을 안고
뛰어가는 파도처럼 밀고 오는 것을 보면

혹시
작은 정성 들킬까
폭풍우의 도움 받아 우비로 가린다

쏟아지는 폭우가
바다를 이루게 한 길도 마다할 리 없다
신발이 배가 되어 첨벙첨벙 노 저어 간다

남편의 장원급제 빌어볼까
장원급제할 득남 소식 빌어볼까

기장들도 참깨들도 파도들도
엎드려 정성으로 절을 하고
또 절을 하고

푸른 것들이
흰 치마 두르고
온몸으로
바람을 모아 기도를 한다

/ 할머니 집 가는 길

고내봉이 한라산을 가려줘
바닷바람 맞은 고드름
몰래 따 먹어도 춥지 않았다

삶은 고구마 썰어 말린
쫀득쫀득한 과자처럼
친구들끼리 나눠 먹던
고사리손
바위에 부딪힌 거품처럼
왔다가 사라진다

길게 늘어섰던 수평선
유난히 커 보이는
하얀 두 얼굴
나란히 앉아 노을을 지켜본다

한쪽 어깨 기울여
바닥에 닿을까 말까

오솔길 따라 도란도란 걷던
할머니 집 가던 길

손녀와 친구들을 맞아주었듯이
감나무 넓은 잎이
쏟아지는 비바람을 막아준다

텃밭 울담에
포도 넝쿨 파도처럼 출렁이던
설익은 포도 속 파내어
혀를 대고 까르륵까르륵
소리 내곤 했지

빗물을 밀어내는
곧게 뻗은 아스팔트 길
비에 젖어 귀 기울이며
뱃고동 소리 들리던
옛길을 찾고 있다

누가 매달아 놓았을까

바다 길가에 매달린 푸른 종

소라고둥이 부르는 콧노래 소리

헤어나오지 못해 허우적거리는데

철썩철썩 파도 소리

멀리 갔던 옛길을 깨우고 간다

비를 부른 바다

바다는 가리지 않았어
그저 출렁거렸을 뿐이야
바닷속에 감춰 놓았던 붉은 노을
멀리 보였던 작은 조각배
바닷속 깊은 수초 밑에 숨겨 놓았어
오늘 보고 가면 다시는 안 올까 감춰 놓았지
다시 오면 꺼내서 보여줄 거야

멀리서 물을 길어 나르는 고래 떼들
잠든 척 몸을 바닷속에 감추고
머리만 악어처럼 내밀고 있는
돌고래 닮고 싶은 작은 바위들

내일이면
잠에서 깨어나 고래들의 쇼를 보여 줄 거야

별들을 보내고
무지개를 꺼내어
구름다리 파도 타고 건너갈 거야

천년의 그늘

길가 돌담 사이
작은 꽃들을 따라 걸어 내려오면
몇백 년을 훌쩍 넘은 고목
갈대밭으로 둘러싸인 푸른 호수

연초록으로 주름 가린 나이테
구부러진 흰 머리카락
무동 타는 아이처럼 세고 있다

각질이 떨어져 연꽃으로 피었나
매미가 달라붙어 울어대던 울음소리
검버섯으로 피어올랐다

파란 슬레이트집이 지어지기 오래전
초가집의 띠를 수없이 바꾸어 덮은 숫자만큼
가지는 구불거리며 팔뚝처럼 굵어졌다

시원한 그늘 먹은 졸음 쫓으며
주름치마 같은 이마 치켜 흔드는
훈장님이 든 회초리만큼 늙었다

/ 늦깎이 목련

넌들 피고 싶지 않았으랴
모두가 활짝 피어 합창을 이루고 있을 때
가만히 숨죽이고 있어야 함을

동기생들이 모두 취업이 되어
취업 여행을 떠날 때
작은 고시방에서 연필을 굴려야 함을

모두가 진급되어
축하주로
샴페인이 옥구슬 되어 굴러갈 때
달달한 소주로 마음 달래야 함을
이 쓴 소주 맛을 어찌 알겠는가

풍만함으로 가득 채운
숨이 막힐 것 같은 빽빽한 거드름들
하지만

발걸음은 벌써
불빛 가득한 허세 속으로

목련아
서러워 마라
먼저 떨어진 꽃들이
대지에 밑거름이 되듯
머지않아 너도 그러하리니

/ 꽃밭에 날아든 왕벌

누가 보냈는지
따사한 봄바람과 함께 날아들었다
방충망으로 정낭을 놓았지만
거세게 박차고
윙 윙
거침없이 날아들었다

솟는 봄기운을 흠뻑 받았는지
날갯짓하며 활기차다

모두가 꽃으로 보이는 듯
곳곳에 영역 표시
구석구석 봄을 뿌려댄다

맞는 짝 찾아가라고
칼날 같은 날개
다치지 않게 고이고이 보내줘야지

아늑함을 느끼지 못하는지
파닥파닥

조금만 기다려
넓은 세상으로 보내 줄게
눈인사도 없이 가려는 왕벌을
잡아당긴다

박씨 하나 물어다 줄 거지
이왕이면 건강하고 실한 놈으로

/ 젖은 새

산책길에 자주 보았음 직한
쌓였던 눈이 다 녹은
양지바른 곳에 나뭇가지
그 위에 앉아 젖은 옷을 말린다

무엇을 먹었는지
입가에 배부른 여유가
주렁주렁 달렸다
잠수하여 힘이 빠졌는지
스치는 바람이 자장가를 불러 주는지
자꾸만 눈꺼풀이 내려앉는다

무시하는 게지
가까이 가도 미동도 없는 걸 보니
내가 노란 옷을 입어서
개나리 민들레로 보이는 걸까

밀당이라도 하듯

가늘게 뜬 눈이 내 주변을 살살 돈다

연못에 있는 금붕어
지켜보는 물 밖 세상모른 체
여유롭다

입은 옷은 다 말렸는지 새는
어느새
높은 태양광 위에 자리 잡고
겨울이 가는 게 아쉬운지
하얀 섬을 그린다

/ 먹통 보청기

혼자만의 공간에 갇혀있는
미세한 소리도 샐 틈이 없는
잘 방음 된
공간

아이구 먹통이구먼
아예 못 들어
고개도 안 돌리네

오일장에서 넘나드는
할머니들의 뉴스거리
흘러나오는 말들이
상추 달래 냉이처럼
한 무더기씩 쌓아올린다

어린 시절 엄마 무릎에서 어리광부리던
젊은 시절 힐을 신고 멋 부렸을

시집살이
벙어리 삼 년
귀머거리 삼 년을 잘 견뎌냈을까
들을 것 다 듣고 뱉을 말 다 뱉어내서일까

먹통으로 살아야 한다니

먼 곳에 있을지
가까운 곳에 있을지 모르는
나의 미래

가을은 멀었는데
귀뚜라미 소리가 들리는 듯하다

/ 벽 사이

한 지붕 밑
가끔 들려오는 소리
전화기 울리는 소리
아이 우는 소리
노인네 한숨 섞인
안마기 두드리는 소리
금요일 밤에 유독 많은
고사리 같은 박수 소리
촛불처럼 울려퍼진다

총총히 맑은 밤하늘
별들이 가족회의를 한다
막내별이 통증 오나 반짝거린다

노을을 닮고 싶은 달

붉은 보름달
노을이 그리웠나 보다
초저녁 해 떠오르는 것처럼
초승달을 달고 떠오른다
낮에 무슨 일이 있었는지
상기된 얼굴로
얼마나 마셨길래
노을빛이 눈이 부셔
트이지 않는 걸까
검은 화장을 한 밤길이
나뭇가지 걸린 시간처럼
기억이 아련하다

취해서 부은 눈
새벽 찬 바람에
서서히 잦아들면
뒷문으로 마중 나와
멋쩍은지 홀로 서서
동그랗게 웃고 있다

은행잎 날리며

저물어 가는 가을
바스락거리는 낙엽 밟으며
친구의 첫 시집 받아 들고서
붉게 물든 단풍잎들
내 얼굴에 흠뻑 뿌려주었다
기어오르며 뒹구는 은행잎
드러누운 노쇠한 나무기둥
노을빛으로 부러움을 산다
소라껍데기처럼 웅크린
가을 오름
단풍나무 잎 사이로
반짝이는 가시처럼
내 마음 꿰뚫어 본다

4 Emotions

/ 바퀴 소리

파란 바다가 깔리고
하얀 구름이 덮는다
멀어져 가는 파란 한라산
어느새
하얀 구름 속에 파묻혀 버렸다

미세하게 흔들리는 안개 속
파란 것들을 모두 가려놓았다
뭉게뭉게 깔아 놓은 하얀 솜이불
서울 가는 엄마를 위해 깔아 놓았다

스스륵 내리는 바퀴 소리는
검사받고 끝났다는 소리 같아라
좋은 소식 기다리다 조바심이나
걱정하지 마라
괜찮단 말 듣고 싶어라

가림막

가려야 신뢰할 수 있는 너
다정한 말이 나와도 달갑지 않아
반달 같은 웃음이면 충분하지
비밀스러운 말이
너도 모르고 나도 모르는 사이
레이저 같은 선을 따라
바라볼 수 없는 곳으로 가게 될 거야
짧아야 실 같은 초승달이 보름달이 될 때까지
까맣게 지세야 만 하지
하늘길도 유람선도 밧줄로 꽁꽁 묶어버린
새봄
꽃망울 터트리려 얼굴을 내밀지만
세상 밖이 두렵다
일상의 소중함
정월 대보름 쥐불놀이
조용한 틈을 탄 다람쥐
세상모르고 돌린다

봇짐 하나 들고서

멀어져간다
봐도 봐도 다 볼 수 없었던 것들이
벌린 팔 안에 다 안긴 듯하다

잠시 놓았을 뿐인데
바닷바람은
머리카락 날리며 온몸을 탈탈 턴다

점점 작아지는 제주 섬
망망대해로 뻗어보고 싶은 길
설레임이
파도 따라 출렁인다

작은 섬들을 끌어당긴다
버겁고 무거웠던 짐들을
지나치는 섬 위에 하나씩 내려놓는다

몽돌해변

둘러싸인 섬들
묻지도 따지지도 않고 던진다
“자네 왔는가? 오닝께 좋제?”

법정이 오름

촉촉이 젖은 산 아랫길
징검다리 숨죽이고 엎드렸다

전망대를 오르는 길에
졸겡이 줄기
험난한 바람이 다녀간 자국
긴긴 몸뚱어리만 출렁거린다

태왁을 감싼다는 가냘픈 줄기
든든한 버팀목이려니
소나무 휘어잡고 넋두리한다

숨비소리 들으며
물길 속 넘나드는 졸겡이 낭

전망대와 바다 사이
사라져간 것들의 흔적들
펼쳐진 풍광 속에 시선이 머문다

/ 모자로 멋내기

칸막이가 되어 있는 병실
두 개의 화장실
여섯 커튼이 칸을 가른다

열린 커튼 사이로
삭발의 스님이 보인다
보거나 말거나
저절로 숙어지는 습관
스님이 입원했구나
많이 힘들구나

밥 먹기는 새 모이 먹듯
구역질은 밥 먹듯이

다른 칸 속에서
같은 증상을 품고 있는 환자들

동병상련

잠시 진정시킨 거래 끝에
모자의 패션은 필수
깃털 같은 휴가 쓰고 길을 나선다

/
채우기

버스를 타고
눈을 감고
길옆 가로수 길을 그린다
보이지 않던
건넌 마을이 환히 보여 좋은 건지
숲이 있던 자리
바둑판을 깔아 놓은 듯
줄을 지어선 자동차들
건물들은 별보다 높이 닿으려
발끝을 올린다

나무들이 하나둘 사라지더니
숲이 하나둘 없어지더니
막혀 있던 좁은 길
원하는 넓이만큼 뻥 뚫렸다

자를 대고 들이대는
작은 집 콤플렉스

재선충이 소나무를 탐내고
구상나무 양팔 벌려
물 찾아 발 뻗는다

빈틈없던 숲
참빗 같던 숲이
얼레빗처럼 줄을 긋는다

보리 베는 날

줄을 타는 황금물결
보리밭 노랗게 물들었다

여름귤 차 만들어
주전자에 듬뿍 담아
철없는 며느리 목축이려 애를 썼던
이제 와 생각하니
마음 깊이 새겨진
잊지 못할 사랑이었네

지저귀는 새소리
연못 안에 개구리 맞장구치던
보리 베기 수눌음
땀을 식히며
이웃 근심 덜어주며 오고 가던 말
살당 보민 살아진다게

그늘이 되어준
팽나무 끝가지에서
황금 보리 알처럼 잔잔하게 피어난다

비와 함께 줌바 춤을

주룩주룩 비 내리고
발걸음은 터덜터덜
나무 베인 자리 위에
솔잎이 한 잎 두 잎
아린 상처 덮어준다

멀구슬나무 열매
대롱대롱 매달려
그네 타는
새 둥지
나뭇가지 위에 걸터앉아
기약된 시간 찾아 발을 옮긴다

기어 올라오는 송악 줄기
바람과 맞선 힘겨루기
울어대는 새소리
맑게 갠 하늘에
흔들리는 줌바댄스

/

아기구덕

돌담을 기어올라
사방으로 기웃거리길 좋아하는
빨간 장미 넝쿨 있는 집이 있어
늘 그 집은
사람들이 마음 놓고 오가며
붓질하지
때로는
담 너머로
시를 짓고 읊는 소리가 들려
일행인 척
질병이 들이닥쳐
격리해야 할 때도 있었지

그 집에는
한동안
아기 울음소리가 들리지 않았어
마당에 자리 잡은 꽃들이
서로 눈을 마주하며

웅성거리기도 했어
얼마나 지났을까
오랫동안 문을 열어놓은 보람이 있었지
아이 울음소리가 들리는 거야
넓은 집 마루에 아기구덕이
춤추듯이 흔들거렸어
자장가 소리에 꽃들도 덩달아
장단 맞춰 흔들흔들 춤을 추었지

/ 다육이가 신나는 집

시인이 사는 그 집
시를 담을 그릇을 만든다는 그 집
기웃기웃 재잘대는 다육이
시인을 닮은 물망초
요리를 시퍼렇게 차려내고
커튼을 곱게 접어
늙은 주름 내린다
짭짤한 고등어
심심찮게 굽어 내는
자그마한 그녀
다육이가 좋아하는
시를 담을 접시를 만든다는
다육이 사랑을 옆에 끼고서
궤짝 한쪽 뜯어다 시를 담가 놓는다

깨타작

한여름 땡볕에
뜨거운 맛을 진하게 보았다
거센 바람도 맞아 보았고
굵은 회초리로 맞을 만큼 두들겨 맞았다
벌을 설 만큼 손을 들고 서 있어야
진가를 발휘할 수 있다는

때를 맞춰
비바람이 들이닥치면
천막 속에 숨어
장대 같은 빗소리에 흥얼거릴 때도 있었지
그래야
진가를 발휘할 수 있다는

돌같이 굳은 손
손끝 지문이 사라진 것도 모른 채
작대기를 잡은 팔과 허리
아리랑 고개를 닮았다

아흔아홉 고개를 넘어야
진가를 발휘할 수 있다는

뻑뻑한 다리가 삐걱거리고
어머니의 땀내 베인 참기름
고소하게 주름진다

/ 곁가지

봄바람이 지켜봅니다
꽃이 피고 집니다
눈처럼 사르르 내립니다
곁가지가 나와 취하기도 합니다
누구나 먹고 취하는 것은 아닙니다
머리 손질할 때 쓰던 의자
후한 값으로 소문이 납니다
가지 안에 여러 마음이 들락거립니다
취할 수밖에 없어 무릎을 꿇습니다
계절이 바뀌면
화려하게 피었던 꽃들이 소리 없이 떨어집니다
곁가지가 기둥처럼 울어주는 것
곁가지가 외투를 벗어
아픔을 닦아주는 것
꽃바람이 지켜봅니다

/ 구상나무

아지랑이 봄 향기에 취해
미소를 감추지 못한 너

푸른 녹음과 사이사이 꽃들이 피어
청춘을 불태웠던 너

꽃들이 뛰놀다 열매를 맺고
색색으로 단장했던 고운 옷
하나둘씩 벗을 때면
나무꾼이 선녀를 보듯
마음은 불꽃이었지

계절을 타지 않는 너
푸른 청춘의 옷을 입은 채
양어깨를 활짝 펼쳐놓았지

부드러운 유혹의 눈
매서운 찬 바람

지탱하기에 벅찬
솜처럼 쌓인 무게
하지만

한라산은 내가 지켜야 한다며
영실 장군처럼 버텨내지

머루 송이 길의 약속

머리로 떨어져 스며든다
우산을 뚫고 어깨 위로 내린다
바바리 속으로 기어들어
여린 살갗을 놀래킨다
나뭇잎 밑으로 내린다
영글어가는 머루 송이 비가 솟는다
비 내리는 다리 숲 지나가는 길
물허벅에 누운 달 만나러 가는 길
내가 찾는 다소니는 없다
남이라 하여 남쪽을 헤맸다.
비도 가고 나도 가는 길
멈추지 않는 비
내 발길도 멈추지 않는다
아니야 아니야
전화 걸어
거기 남쪽 맞나요
아니 서쪽이라네
바지 젖어 흙물 된 발길 돌려

서쪽으로 가니
하얀 숲속에 백설 공주 집
누런 허벅에 붓글씨 그리는
도도한 공주
황토색 짙은 궤
수놓은 듯 자아낸 글씨
일곱 난쟁이 의자
엉덩이를 내밀며 앉으란다
물에 흠뻑 빠진 우산
귀퉁이를 채운다
무르익은 대추 향
도토리묵 비빔
따뜻한 메밀 칼국수 향이
몸으로 젖어 든다
연잎 쌈
머리 맞대고 도란도란 먹는다

떠나는 인연들

죽성 마을로 들어가는 길목은
세 살 된 동생이 골목을 지키는 곳입니다
오가는 사람들과 인사를 나눠야 하는 곳입니다
그 길을 지나는
초등학교 다니는 조용한 누나가 있습니다
책가방을 무겁게 진 모습
자주 보다 보니 사촌보다 가깝습니다
외동딸 누나는 우리 삼 남매들이 사는 게
복잡하고 시끄럽고 정신이 없습니다
그러다 형제같이 정이 들고
엄마 아빠까지 정이 들게 합니다
그러다 떠났습니다
마당에 있던 단풍나무는
스물여덟 번에 옷을 갈아입었습니다

보름달처럼 고운 외동딸 누나를 만나면
외로웠을 때 같이 지냈던 기억들이
고운 단풍 같은 기억으로 솟는답니다

그날이 그리워 죽성을 찾는답니다

지금은
멀리 떠나갔지만
그리고 다시 하나둘씩
그리운 인연들이
잎이 떨어진 자리에서
움트듯 돌아옵니다

5 Emotions

/
단비

오랜만에 내려서일까요
야단법석이에요
나무랑 재잘대는 대화법인지
꽃이랑 눈을 맞추는 절차인지
웅덩이에 물이 차오르길 기다리나 봐요
자그마한
쉼터를 만들 요량인 것 같기도 하고요
고래고래 소리를 지르기도 해요
비 그칠까 걱정이 되어서일까요
그 마음 알아서일까요
점점 비는 세차게 내려요
똑 똑 똑 똑
빗소리에 장단 맞춰
수선화도 고개 들고 연주를 해요

매화

추위를 견디며 이겨 낸 매화
때를 놓칠까
허둥지둥 치대며 피워낸다
가는 길이
화려하기만 하다면
참으로 좋겠네

겸손하게 밑동을 딛고서
버텨준 시간
돌아보면
구불구불 빛을 피해
묵묵히 버텨낸
그늘진 농묵
채워지지 않은 만큼
폐지되어 날아간다

걸어온 길
태어나는 새 생명

발자취 떠올리며
분수처럼 피어난다

곧 여물겠지

깨가 익어 손들이 바쁜 달
제사가 있는 달이다

음력 유월 중순 지나
처음으로 터는 깨는
입꼬리가 저절로 올라간다

앉아 있던 자리 달랑이며
다 털린 깨 나무
허전한 마음 달랜다

털어내도
털어내도 양이 차지 않는 건 무얼까

모자란 듯 보이는 성
시부모님 살아 계실 적 시절을 떠올린다
10년이 넘어도 가보지 못한 곳
아이들 어릴 적 반갑게 맞아주시던

그 자리에
아랫동서 농사짓는 모습
반가움에
가지 않아도 될
걸음을 한다
아들이랑 깨 두들기는
장단이 정겹다

저곳은
어머님이 조석으로 드나들던
장독대가 있던 곳
저곳은
어머님이 손자들 입에 넣어 주려
밥을 짓던 곳
저곳은
아버님이 창문을 열고
손주들이오나
골목 어귀까지 눈이 갔던 곳

해마다
주렁주렁 열리던 유자나무 베이고
두 분은
얼마 후 자리를 비우셨다

올해는 아직 꽃이 지지 않는다
곧 열매가 맺히겠지
흔적 없이 사라진
그곳을
채워준 깨 농사
파란 하늘이 유난히 뿌듯하다

/ 봄을 모르는 꽃

커다란 소나무 두 그루
오래된 무덤들을 지키고 있습니다
유난히 화창한 봄날입니다
곳곳에 커다란 화분들이 축제를 말해줍니다
삼월은 곳곳에서 펄럭입니다
만세 소리가 여기저기서 들리는 듯합니다
독립 유공자들 이름들이 펄럭입니다

깜깜한 감옥에서 터지는 꽃망울 같습니다
흐린 날의 기억
고초를 겪은 사람들의 이름을 떠올립니다
숨죽이고 아직도 벗어나지 못한 두려움
이름을 찾지 못한 훈서
여기저기 화사하게 웃고 있는 꽃들처럼
피어나길 기다립니다

발자취를 찾아 나섭니다
그들은 찾고 있다는 사실을 까맣게 모릅니다

숨지도 않았는데 찾으려 애를 씁니다
아직도 그들은 봄이 온 줄 모르나 봅니다

/

산과 파도도 마주 보고 손 내민다

회색 구름이 드리웠던 하늘에
빨간 보리 꽃이 피던 자리
풀피리 연주곡이 울려 퍼진다

맑은 산 끝에
흰 구름 어우러지고
보리밭 사잇길 걷노라면
바람이 내는 천둥소리인가
이슬이 비춰주는
매캐하게 치솟는 불길인가
영혼을 다독이며
성토하는 북의 울림인가

북촌 너븐숭이
타오르는 불길도
젖 물렸다 놓친
아기의 울음소리도

아픔을 달래는

퉁소 소리에

한 곳으로 밀려오는

파도 파도 파도들

숨죽여 울던

모래도 쓸어안고

억울한 영혼이 된

조약돌도 쓸어안으며

날카롭게 달려들며 솟던

바윗돌도 끌어안으며

우리들은 하나였어

마주 으르렁대던

그날들

잊지는 말자. 이제

한라 사면의 바다 물결이

하나 되어

백록의 숲을 바라보듯이

/ 두 줄기 핀 고구마꽃

저 멀리 보이는
뿌연 수평선
바닷물도 놀라 출렁거렸지

섯알오름 하늘 아래
피어오르던 아우성
돌아볼 겨를 없이
숨을 곳 찾아 헤매던
검은 고무신
마음 놓고 울 수도 없었던
손을 놓은
아비의 처절함을 기억하는지
쫓기고 쫓겼던
밟고 가야만 했던
개망초꽃이 피던 곳

연자방아 정겹게 나누며
노동요 함께 부르던 그들

씨앗 뿌려야 할
밭갈이 소를 두고
어디로 가야 했는가

허겁지겁
떨어뜨린 붉은 꽃

저만치 밭고랑 사이로
마주 잡는 고구마 두 줄기
손 내밀어 상생의 꽃을 피운다

/

모록밭

그 해도 바다에 가면
메기가 많이 잡혔지
철부지 아이들
단오절이 되면
생선에 쌀밥 먹을 생각에
마냥 즐거웠지
새들도
하늘을 날며
명절을 즐겼지

모록밭이라 했던가
언제부터인가
단오절 저녁이면
쉬쉬하며 차려졌던
제사상
먼 훗날에 와서야
알게 되었지
동백꽃이 떨어지듯

가신 분이시라는 걸

지금은
단오명절도 옛날이야기
제사상에 잔 드리던
그날 생각하며
잔 드릴 곳을 찾는다

/ 그때는 그랬지

윗목에는
아버지의 이부자리가
언제나 깔려있었지

바쁜 농번기면
아픈 몸으로
마음이 먼저 앞섰지

그때 끌려가 맞은 허리
고질병이 되어
고통을 참으며 지내셨지

밤이면
산에서 내려와
낮에 어떤 일이 있었냐

낮이면
밑에서 올라와
그쪽에
협조하지 않았느냐

반복되는 일상
누가 지목을 한다
저 사람
손끝을 향한 반대쪽 사람은

어김없이 끌려가
호된 맛을 봐야 했던
그때

아버지는 말씀하셨지
누구하고든
좋게좋게 살라고

저 사람
손가락 하나만
그쪽을 향해도

그 사람은 다시
보지 못할 수도 있었기에

우리 집 부룽이

우리 하르바지 ᄎᆞ근ᄎᆞ근 다운 밧담덜
큰 담돌은 알러레 답곡 ᄎᆞᄎᆞ 족아지멍
족은 돌은 우터레 답주기
우리 집 부룽이
쉐못디레 쉐물 멕이레 가젱ᄒᆞ민
으상으상 걸어가당
밧담 ᄆᆞᆯ아진 디 붸려지민 주왁주왁
두 불 검질 메연
어랑어랑 윤진 조팟 붸리멍
큰큰ᄒᆞᆫ 눈광 틀어 먹젱 여산ᄒᆞ주기
와아왕와아왕
하르바지ᄒᆞᆫ소리에 니치름만 질질
ᄃᆞᆯ짝ᄃᆞᆯ짝 몰아진 담다완 손 털멍
ᄒᆞᆫ저 글라 ᄒᆞᆫ저 강 물먹엉
쉐왕에 강 이시민 촐 비어당 하영 주커메
하르바지 ᄀᆞᆮ는 말 알아들어신디사
ᄁᆞ딱ᄁᆞ딱 걸엉 가멍
ᄇᆞᆯ써라 지꺼졈신가
꼴렝이 ᄒᆞᆫ들ᄒᆞᆫ들

건드랑ᄒᆞᆫ 낭 아레

ᄋᆢ름이 뒈민
농ᄉᆞᄒᆞᆯ 때 입을 옷
건드랑ᄒᆞᆫ 갈옷덜 멩그는디
건드랑ᄒᆞᆫ 낭 아레 조침 앚앙

ᄀᆞ래방석 ᄀᆞᇀ은 널직ᄒᆞᆫ 도고리에
퍼렁ᄒᆞᆫ 초라운 감 자락 비왕
덩드렁마께로 ᄆᆞᆫ작ᄒᆞ게 ᄈᆞᆺ앙

ᄋᆢᇁ이 앚앙 지들려는 천덜을
도고리에 디려놩 주물르민

공기ᄒᆞ단 아으덜
자파리ᄒᆞ단 소나이덜

ᄆᆞᆫ딱덜 진혁 대겨진 손덜광
힌 곤밥 닮은 씨덜을
깅이 모이 ᄌᆞᆺ어 먹는 거추륵 ᄌᆞ미지다

아이덜 손에 대겨진 진헉도 ᄀᆞᇀ이 대겨져신고라
색깔 ᄎᆞᆷ말 곱들락ᄒᆞ게도 나와신게

입춘 풍경

관덕청 앞마당에 사름덜이 시끌박작
ᄆᆞᆫ딱덜 웃는 ᄂᆞᆾ광 벳도 좋안 얼씨군게
목관아 문 ᄋᆢᆯ아잣천 들어오렌 ᄒᆞ염신게

요망지게 뎅기머리 한복 곱게 촐려입언
어절씨구 낭쉐몰이 복좇안 덩실덩실
못에 이신 황금붕어 떼를 짓언 ᄒᆞᆫ들ᄒᆞᆫ들

와돌리기 자치기 뻥이치기 빳찌치기
ᄒᆞ멩이 답돌이 ᄒᆞᆫ이나사 ᄀᆞ정 갈탸
좋은 말로 ᄀᆞᆯ을 때 ᄀᆞᆺ인거 ᄆᆞᆫ 받앙 가라

ᄆᆞ슬 올레 두루두루 좋은 일만 ᄀᆞ득ᄀᆞ득
생이 다울리는 농부아니 잡아보카 사농바치
식솔마다 자자손손 건강 행복 빌없수다

불한지야

호다이꼴꼴
호다이꼴꼴
나 목청을 아는 거주기

재열도 왁왁ᄒᆞ영 울지 못ᄒᆞ곡
셍이덜도 ᄆᆞ소왕 낭 소곱에 곱안 이신디

ᄉᆞ춘덜 만나는 날
삼춘네 집 식게 먹으레 가는 날

ᄇᆞ름 엇이
펜펜ᄒᆞᆫ 못 ᄀᆞᇀ은 날
돌셍기에 걸령
ᄂᆞ려지카
푸더지카
질을 ᄇᆞᆰ혀 주주기

ᄃᆞᆯ도 엇곡

왁왁ᄒᆞᆫ 어둑은 밤이도
어느 절에 ᄋᆢᇁ더레 둥둥 나상
질을 ᄇᆞᆰ혀 주주기

호다이꿀꿀
호다이꿀꿀
나 목청을 아는 거주기

/

아꼬운 우리 손지

ᄀᆞ만 앚아둠서 방둥이만 ᄃᆞᆯ짝ᄃᆞᆯ짝
옹을옹을 옹아리 어멍 ᄒᆞ는 거 붸림만
벵삭벵삭 웃이멍 언강도 잘 부렴신게
ᄁᆞᆷ막ᄁᆞᆷ막 우리 손지 어질고 착ᄒᆞ다

어느 제민 기어 보코 어멍 ᄌᆞ끗디레 가살 건디
기어보젠 베 ᄁᆞᆯ앙 ᄑᆞᆯ 젓이멍 가젱 ᄒᆞ민
어떵ᄒᆞ난 뒤터레만 가젱 ᄒᆞ여졈신고
어느 제민 어멍 이신 디ᄁᆞ지 기영 가지코
어멍 양지 붸려지민 기자 좋텐 덩삭덩삭

기엾저 기엾저 우리 손지 기염신게
먹을 거 안 걸르곡 ᄌᆞᆷ 잘 잔게마는
어느 ᄉᆞ이 기연이네 어멍 쿰에 안졈신게
ᄃᆞᆯ짝ᄃᆞᆯ짝 자부세광 ᄒᆞᄁᆞᆷ만 더 이시민
통대왈만 ᄒᆞᆫ 눈 헤둠서 ᄃᆞ골ᄃᆞ골 옴직ᄒᆞᆫ게

해설

| 해설 | **양영길** 문학평론가

김순이 시인의 시세계

|

행복한 글쓰기, 그 여백의 시학

1.

행복한 글쓰기는 아무래도 자기만족에서 찾아야 할 것 같다. 자기만족은 여백이 있는 소박한 삶이 아니면 가까이 왔다가도 금방 사라져버린다.

우리들의 상상력은 비교 대조하면서 쫓기듯 경쟁하는 삶에서는 결코 누릴 수 없다. '빨리 빨리'에 길들여진 터널에 갇혀있기 때문이기도 하다. '워라벨'을 중시하고 '워케이션'을 꿈꾸는 시대다. 그러나 이를 깨닫고 여유를 부리고 싶은데, 그게 잘 안 된다.

여백이 있는 삶이란, 이런 갇혀있음으로부터 벗어나 여유를 즐기는 것이다. 그러나 이런 즐김도 연습이 되지 않으면 쫓기듯 살아온 시간으로부터 헤어나지 못한다. '노는 것'도 꾸준한 연습이 필요하다. 그래야 진정 여백이 있는 삶을 누릴 수 있다.

이제 스마트한 시대다. 상상력도 스마트하게 연습을 거듭하면 어디로 도망쳐 사라졌는지 모르던 것들을 불러올 수 있다.

이제 꿈 많던 시절로 돌아가 그동안 해 보지 못했던 것들을 찾아 한 번 시도해 보는 것도 좋을 것 같다.

2.

시적 상상력으로 치면 '백행이불여일상百行而不如一像'이다. 100번 보고 100번 실행해 보는 것보다 상상의 날개를 한 번 파닥여 보는 세계가 훨씬 넓고 자유롭다. '뛰는 놈 위에 나는 놈'보다 '나는 놈 위에 타 앉은 놈'이 더 넓은 세상을 볼 수 있다.

> 밤바다에 시 교실이 열렸다
> 잡힐 것 같은 시들이
> 사공이
> 산으로 가서 불을 켜고
> 온 천지가 고깃배로 반짝거렸다
> 백견이불여일행이라
> 고깃배가 불을 켜듯
> 책상 위의 손들이 바쁘게 그물을 당긴다
> 가로수와 한치잡이 배들
> 마주하고 있는 식당 간판들의 불빛
> 바다가 깔아 놓은 들판
> 여유롭게 드러누워

칼날같이 내리쬐는 따스한 불빛
바다 같은 푸르름이 낚싯줄을 풀어 놓는다

-「한 편 잡힐 것 같은 날」 전문

시어詩語를 낚는 "사공이/ 산으로 가서 불을 켜고" "책상 위의 손들이 바쁘게 그물을 당"기거나 "바다가 깔아 놓은 들판"에 "여유롭게 드러누워" 바다같이 파란 하늘에다 "칼날같이 내리쬐는 따스한 불빛"을 미끼로 낚싯대를 던지면 시 한 편이 낚여서 올라올 수도 있다.

"그림자만이 아지랑이처럼 어리고 있"(「한 해를 정리하며」)을 때 "몇십 년 동안 채우고 비우기를 반복했"(「점검」)던 세월을 "초가을 바람에 씻겨서"(「처서에 밀어닥친 바람」) "지나간 길을 돌이켜보면" "때를 맞춰 머리 위로 퍼붓"(「전화를 끊고」)듯 시가 낚여서 올라오기도 한다. 시를 낚는 여유는 아무나 누릴 수 있는 게 아닌 것 같다.

시인이 사는 그 집
시를 담을 그릇을 만든다는 그 집
기웃기웃 재잘대는 다육이
시인을 닮은 물망초
요리를 시퍼렇게 차려내고
커튼을 곱게 접어
늙은 주름 내린다
짭짤한 고등어
심심찮게 굽어 내는

자그마한 그녀
다육이가 좋아하는
시를 담을 접시를 만든다는
다육이 사랑을 옆에 끼고서
궤짝 한쪽 뜯어다 시를 담가 놓는다

-「다육이가 신나는 집」 전문

“어제 만난 달개비꽃 생각”(「저물녘 귀향길」)날 때면 ‘시인의 집’을 찾는다. “시인이 사는 그 집”에는 “시를 담을 그릇을 만” 들고 다육이는 “기웃기웃 재잘대”기도 한다. “다육이 사랑을 옆에 끼고서/ 궤짝 한쪽을 뜯어다가 시를 담가 놓”으면 궤짝 속에서 술이 익듯 시가 익어간다. 다육이처럼 재달대며 익어 간다. 술이 익어야 맛이 들 듯 시도 두어 달 잘 익혀야 맛이 드는 것 같다.

김 시인은 “노랗게 물든 은행잎/ 가을을 데리고” 오면, 눈코 뜰 새 없이 바쁘게 살아온 “허물 벗어 던져버리”(「가로수」)고 “부는 바람에 맡겨”(「전화를 끊고」)두듯 시에 취하고 싶은 날을 위하여 시를 잘 담가 놓아두고 있다.

잠 못 드는 밤이면
창틀에 드러누워
떠도는 조각배 닮은 하현달이
밤하늘에 별빛
가로등 불빛
가끔 울부짖는 고양이

바람이 오가다 들은 소식
별들이 몰래 들은 소식들
불러온다

내일이면
더 커진 달로 들여다볼 수 있었으면
끓어오르는 찬바람
꽃망울 터트리려는 나뭇가지 사이에 앉았다
지는 동백꽃에 앉았다
하얀 모래톱 같은 야경을 꾸며본다

-「궁금증」 전문

"아흔아홉 고개를 너머야" "아리랑 고개를 닮"(「깨 타작」)는다는 김순이 시인. "할 말이 많아"지고, "부족함이 많아"지고 "채울 게 많아"지고 "다툼이 많아졌"다. "꼬리를 내릴 줄"도 몰랐다. 그럴 때쯤 "봄비가 내"린다. "눈빛으로 사르르 녹아내"(「사랑의 봄비」)리는 봄비가 시인의 메마른 가슴을 적셔주었다.

그럴 때쯤 "떠도는 조각배 닮은 하현달"을 바구니 삼아 "밤하늘에 별빛/ 가로등 불빛/ 가끔 울부짖는 고양이/ 바람이 오가다 들은 소식/ 별들이 몰래 들은 소식들"을 담아놓고 "지는 동백꽃에 앉"은 "찬바람"을 불러 "하얀 모래톱 같은 야경을 꾸며" 보기도 한다.

동심으로 돌아가는 여유로움이 짙게 묻어나 있다.

3.

한 번의 작은 상상도 여유가 없는 삶 속에서는 그 넓이가 작을 수밖에 없다. 채워지지 않아야, 채운 것을 털어내야만 더 넓고 높이 상상의 날개를 파닥일 수 있다.

"불빛 가득한 허세"와 "숨이 막힐 것 같은 빡빡한 거드름"을 "달달한 소주로 마음 달래야"(「늦깎이 목련」) 채워졌던 것들을 비워낼 수 있었다.

하늘에다
두 줄의 밧줄
빛 잃은 타일
귀를 대고 속닥속닥 벗겨낸다

두 개의 밧줄로
목표의 잣대
긴장을 늦추면 내일은
기약 없는 벽
새들이 갈기고 간 흔적

밑으로 내려다보며
어깨를 올린다
위로 보며
떠다니는 구름 같은 호사를 누린다

때로는
밧줄 없이 높은 문턱에 무게 잡고 앉아

생명줄을 헤아리며 여유롭게 광을 내지

순간
매 순간 발바닥의 뜨거운 감촉

그네를 타고
귀 주위에 붙었던 헛된 말들
멀리 쓸어버린다
지워지지 않는 기미 같은 미련
하얗게 닦아낸다

-「밧줄 곡예사」 전문

"무지개를 꺼내어/ 구름다리 파도 타고" "바닷속에 감춰 놓았던 붉은 노을"을, "멀리서 물을 길어 나르는 고래 떼들"을 "다시 오면 꺼내서 보여"(「비를 부른 바다」)주겠다는 김순이 시인.

"털어내도/ 털어내도 양이 차지 않"(「아직도 깨가 여물지 않았다」)을 땐 "하늘에다/ 두 줄의 밧줄"을 걸고 그네를 탄다. 그네를 타고 하늘로 올라 "밑으로 내려다보며/ 어깨를 올린다/ 위로 보며/ 떠다니는 구름 같은 호사를 누"려 본다. "때로는/ 밧줄 없이 높은 문턱에 무게 잡고 앉아/ 생명줄을 헤아리며 여유롭게 광을 내"기도 한다. "순간/ 매 순간 발바닥" 뜨거워지기도 하고 "귀 주위에 붙었던 헛된 말들/ 멀리 쓸어"버리기도 하고 "지워지지 않는 기미 같은 미련/ 하얗게 닦아"내기도 한다.

“내가 잠든 사이” “고개를 들고” “감췄던 날개를 펴고” “구름 같은 바다 위”를 “힘껏 날”(「비양도」)아 다니기도 한다.

굵은 빗줄기
똑 똑 똑
노크를 하면
달덩이 같은 얼굴들
하얗게 피어오른다
장마 속에 마중 나온 치자꽃
통기타 소리에 놀라 튀어 오른다

온 동네 퍼지는
톡 톡 톡
보리 볶는 소리
하얀 치자꽃 향기
취한 연기처럼
물길 따라 퍼져나간다

떠나는 길에
뚝 뚝 뚝
아쉬운 빗방울 소리
천둥소리 번갯불
짓궂은 장난질
하원리에
뿜어내던 치자꽃 향기
입술을 다물고 숨어버린다
내년을 기약하는 뜨거운 미소

노을처럼 화려한 옷을 입고서

-「우연인지 필연인지」 전문

"버겁고 무거웠던 것들/ 지나치는 섬 위에 하나씩 내려놓"(「봇짐 하나 들고서」)고 나서야 "굵은 빗줄기/ 똑 똑 똑/ 노크를 하"고 "달덩이 같은 얼굴들/ 하얗게 피어오"르고 "장마 속에 마중 나온 치자꽃/ 통기타 소리에 놀라 튀어" 올랐다. "온 동네 퍼지는/ 톡톡톡/ 보리 볶는 소리/ 하얀 치자꽃 향기 / 취한 연기처럼/ 물길 따라 퍼져나갔"다.

"떠나는 길에/ 뚝뚝뚝/ 아쉬운 빗방울 소리/ 천둥소리 번갯불/ 짓궂은 장난질"에 "치자꽃 향기"는 "노을처럼 화려한 옷을 입고서" "입술을 다물고 숨어버"렸다. "설렘이 파도 따라 출렁"(「봇짐 하나 들고서」)거렸다.

오랜만에 내려서일까요
야단법석이에요
나무랑 재잘대는 대화법인지
꽃이랑 눈을 맞추는 절차인지
웅덩이에 물이 차오르길 기다리나 봐요
자그마한
쉼터를 만들 요량인 것 같기도 하고요
고래고래 소리를 지르기도 해요
비 그칠까 걱정이 되어서일까요
그 마음 알아서일까요
점점 비는 세차게 내려요
똑 똑 똑 똑

빗소리에 장단 맞춰
수선화도 고개 들고 연주를 해요

-「단비」 전문

"하얀 숲속에 백설 공주집" "일곱 난쟁이 의자들이/ 엉덩이를 내밀며 앉으"(「머루 송이 길의 약속」)면 "나무랑 재잘대는 대화법"으로 "꽃이랑 눈을 맞추는" 법으로 "자그마한 쉼터를 만들 요량"으로 '비 그칠 걱정'을 시로 담가 놓으면 "빗소리에 장단 맞춰/ 수선화도 고개 들고 연주를" 한다. 시에 향기가 담뿍 배인다. 시의 꽃들이 "분수처럼 피어"(「매화」)났다.

"돌담을 기어올라/ 사방으로 기웃거리길 좋아하는" 김 시인. 시인의 여백 있는 삶, 행복한 글쓰기에는 "아기구덕이/ 춤추듯이 흔들거렸"고 "꽃들도 덩달아/ 장단 맞춰 흔들흔들 춤을 추"(「아기구덕」)고 있었다.

4.

김순이 시인의 시집에는 '어머니의 정성'이 그림자처럼 따라다니고 있었다. "꽃도 슬퍼 흔들던 오후/ 바람을 붙들고 떠"(「바람을 잡고 떠난 백화」)난 어머니. "백주또가 지켜보는 송당 본향당"에 '바람꽃' 피워 "가족들의 안녕을 기원"하던 어머니. "소원지 받아 들고" "천 개의 바람 따라/ 소원을 이뤄"내고 "천 개의 바람으로/ 역병을 밀어"(「송당리 본향당의 봄」)내주시던 어머니.

김 시인은 "빨갛게 핀 접시꽃이/ 돌담 옆에 나란히 줄지어

서서/ 어머니의 마지막 가시던 모습을/ 기억"(「어머니 그림자」) 하면서 이 시집을 엮어낸 것 같다.

'아픔을 닦아주는 꽃바람'(「곁가지」) 같은 시인. "반달 같은 웃음이면 충분"(「가림막」)한 김 시인에게 시의 싹은 '여백 있는 삶'과 '어머니의 정성'으로 틔운 것 같다.

"기장들도 참깨들도 파도들도/ 엎드려 정성으로 절을 하고/ 또 절을 하고/푸른 것들이/ 흰 치마 두르고/ 온몸으로/ 바람을 모아 기도를"(「문필봉」) 하는 '작은 정성'이 있어야 '문필봉'이 점지해 준 한 권의 시집이 탄생하는 것 같다.

김 시인의 행복한 글쓰기는 여백이 있는 삶에서부터 싹을 틔우고 있었다.